담박하게 정갈하게

이태수 시집

문학세계사

▫시인의 말

열여덟 번째 시집을 묶으며
먼 하늘을 새삼 우러러본다.
내릴 건 내리고 비울 건 비우면서
마음을 담박하게, 정갈하게
낮추며 가려고 다짐해 본다.

2022년 벽두에

이태수

ㅁ차례

I

나의 카르마 _____ 12

길과 나 1 _____ 14

길과 나 2 _____ 16

길과 나 3 _____ 18

나는 작아져서 _____ 19

창가에 앉아 쉬다 _____ 20

나도 간다 1 _____ 22

나도 간다 2 _____ 23

옛집 _____ 24

큰아우 별장에서 _____ 26

옛꿈 _____ 28

낮꿈 _____ 30

세월 _____ 31

최면 또는 심법心法 _____ 32

집 _____ 34

한겨울밤 _____ 36

날아오르는 꿈 _____ 37

탁마琢磨 _____ 38

Ⅱ

다시 코로나에게 _____ 42

입 막고 코 막고 _____ 44

나의 방 _____ 45

코로나 레드 _____ 46

하늘 _____ 47

상념想念 _____ 48

소나무 그늘 _____ 50

은사시나무와 안개 _____ 52

달과 개 _____ 54

다시 비몽사몽非夢似夢 _____ 55

배와 바다, 하늘 _____ 56

거울 _____ 57

어떤 꿈길 _____ 58

오늘을 가며 _____ 60

송어 _____ 61

희망 고문 _____ 62

이른 아침에 _____ 63

현과 나 _____ 64

III

연꽃 갈피 _____ 68

솔바람길 _____ 70

만대루晩對樓에서 _____ 71

회룡포回龍浦 _____ 72

나의 선묘善妙 _____ 74

상사화相思花 _____ 75

다솔사에서 _____ 76

뱁새 _____ 77

낙동강 하구언 _____ 78

화본역 _____ 80

까무룩 _____ 81

절정絶頂 _____ 82

늦여름 한때 _____ 83

먼 하늘 _____ 84

소녀와 핑크뮬리 _____ 86

늦가을 적막 _____ 88

나를 잊지 말아요 _____ 90

실향失鄕 _____ 91

IV

하늘에서와 같이 땅에서도 _____ 94

푸른 별 하나 _____ 96

그분의 뒷모습 _____ 97

뒷모습 생각 _____ 98

그분 생각 _____ 100

목련나무, 산딸나무 _____ 102

크고 부드러운 손 _____ 104

낮은 기도 _____ 105

천주의 성모님께 _____ 106

그 사람 1 _____ 108

그 사람 2 _____ 109

갈매나무 _____ 110

풀꽃을 보며 _____ 112

나의 얼굴 _____ 114

어떤 여운餘韻 _____ 116

지평선과 수평선 _____ 118

첫눈 _____ 119

김복희의 우담바라 _____ 120

| 해설 | 이진엽 · 존재의 부름, 영혼의 응답 _____ 123

I

나의 카르마*

밤에는 꿈을 꿀까 두렵지만

낮엔 안간힘으로 꿈을 불러들입니다

더 나은 삶을 향한 꿈꾸기와

가위누르는 꿈이 밤낮으로 길항합니다

이 길항은 어제오늘뿐 아니라

오랜 세월의 트라우마**이기도 합니다

그 그늘에서 말들이 빚어지고

가혹하게 지워지고 밀려나기도 합니다

하지만 그 그늘에서 언제나

더 나은 세계를 열망하고 있습니다

이젠 밤낮없이 꿈을 꿉니다

*업業 또는 업보業報
**심리적, 정신적 외상外傷

길과 나 1

길을 가다가 왜 이 길로 가고 있지,
라고 스스로 묻게 될 때가 있다
멈춰서서는 가지 않으면 어쩔 테지,
라고 다시 되묻게 될 때도 있다
가려고 하는 곳이 분명히 있더라도
가다가 안 가고 싶을 때가 있다
가고 싶지 않은 곳이었는데 불현듯
나도 몰래 가고 있을 때도 있다

내가 가는 길은 내 것이 아니라
길의 것일 따름이어서 그런 것일까
가고 싶거나 가고 싶지 않아도
길이 부르지 않으면 그렇게 되는지,
아무리 가고 싶은 곳이라 해도,
아무리 가고 싶지 않은 곳일지라도
길이 나를 부르면 가야 하지만
불러 주지 않으면 못 가는 것일까

가고 싶은 곳으로 가려 해도,
안 가고 싶은 곳으로 안 가려 해도,
길은 나를 부르다가 말고 그러다가
다시 부르고 있는 것만 같다

길과 나 2

나는 오늘도 아무도 없는 길을 걷습니다
사람을 만날까 저어하며 걷습니다
이젠 버릇으로 굳어지는 것일까요
아무도 없는 길이 나를 부르고
그 길 따라 걸으면 마음 편합니다
나무와 풀, 새소리들이 다가와서는
어두운 마음에 희미한 길을 열어 줍니다

지난날들이 그 사이로 끼어듭니다
지나가고 떠나간 시간들이 다가오다가
오던 길로 다시 되돌아가 버립니다
오면 가는 게 세상의 순리요 이치지만
사람들은 왜 저리 아파하는 걸까요
왜 거슬러 가고 싶어 안달하는 걸까요
내 마음도 이따금 흔들리곤 합니다

가까웠던 사람들이 점점 더 멀어집니다

더러는 저만큼 등 돌리고 갑니다
입을 막고 코도 막고 바라봅니다
괴질보다 사람이 더 무서워서
사람들 속에서 사람이 그리워도
사람을 만날까 저어하며 걷습니다
나는 오늘도 아무도 없는 길을 걷습니다

길과 나 3

간밤 꿈속에서 걷던 길이
눈을 떠도 보입니다
눈을 감으면 더 잘 보입니다

비몽사몽非夢似夢 때문일는지요
간절히 꿈꾸던 길이어서
마냥 걷고 있었는지 모릅니다

하지만 다시 걸으려고 하면
그 길이 안 보입니다
아득한 허공만 보입니다

나는 작아져서

나는 작을 대로 작아져서
이슬방울 속으로 들어갑니다
나는 그렇게 작아지고 작아져서
잠깐이라도 그 맑은 글썽임 속에서
진절머리 나는 이 풍진세상이
투명하게 밝아지기를 소망합니다
새 아침의 햇살을 끌어당기며
글썽이다가 흘러내리거나 기화하는
이슬방울과 함께 기화하거나
흘러내리고 싶기도 합니다
나는 작아지고 작아져서

이 풍진세상에서는 보이지 않는
맑고 깨끗한 공기 입자가 돼서라도
새 아침에는 거듭나고 싶습니다

창가에 앉아 쉬다

창가에 우두커니 앉아 쉰다
구름도 창밖 오동나무에 앉아 쉰다
나른하게 졸 듯 말 듯 쉰다

보랏빛 오동꽃들이 피어나고
참새 몇 마리 쉬지 않고 지저귄다
햇살이 분주하게 뛰어내린다

빈집에 남아 쉬는 봄날 오후 한때
꿈을 깨어 보라고 하듯이
비웃기라도 하는 것같이
쉬지 않고 분주히 움직이는 것들,

전투기가 떼지어 날아가고
숨가쁘게 골목길을 헤치는 구급차,
사간만 한결같은 걸음이다

나는 창가에 눌러앉아 쉰다
구름도 오동나무 가지를 떠나지만
그대로 붙박이듯 앉아 쉰다

나도 간다 1

낮달이 나뭇가지에 걸려 있다
구름은 비껴가고
멧새 몇 마리가 바삐 날아간다
나무가 달을 잠깐 붙들고 있는 걸까
유리창 너머 눈길을 주는 나도
붙들려 있었던가
다시 내다보니 달이 가고 있다

달이 가는 쪽으로 구름도 간다
집에 갇혔던 하루
나는 창밖에 눈길을 주곤 했다
나무는 우두커니 서서 지켜 보았다
멧새 몇 마리가 바삐 돌아오고
땅거미가 내린다
밖에 나서니 모두가 가고 있다

나도 간다 2

강물에 조각배 하나 떠내려간다
낮은 데로, 더 낮은 데로 흘러간다

사공은 어디 갔는지,
배에서 잠자고 있는지,
강물이 유유히 조각배를 데리고 간다

내 마음도 저 배에 실려서
자꾸만 아래로 떠내려간다

허공엔 느리게 흘러가는 구름 몇 점
어디로 떠가고 있는지,
나는 어디로 가는지,

구름이 가고 배가 가고, 나도 간다
강물은 하염없이 아래로만 간다

옛집

고향의 옛집은 다 허물어지고

다른 사람들도 살다가 떠나가고 없지만

옛 기억은 마당의 잡풀들처럼

여기저기 무성하게 살아 있다

반세기에다 여러 해가 더 지나갔는데도

아버지 여의고 헐벗게 헤매던

어린 시절은 떠나지도 않는다

어머니, 누나, 세 동생이 영영 떠나가도

오순도순 오로지 꿈을 키우며

버티고 이겨내던 수많은 날이

허물어진 옛집 하늘 깊이 머물러 있다

뜬구름처럼 그대로 맴을 돈다

큰아우 별장에서

큰아우도 작은아우가 돌아간
먼 세상으로 떠나가고
오늘은 비바람에 나뭇잎들이 우수수 진다
먼 거리에 따로 있는
아우들의 유택이 낙엽 사이로 어른거리고
철부지였던 옛날들도
창가에 다가와 잠시 머문다

열한 살 소년가장이던 나는
작은아우의 이름도 지었지만
언제나 집안 기둥 노릇은 큰아우가 했다
궂은일들 도맡아 하면서 바라지하고
장년엔 남달리 고향 일에 앞장서곤 했다
그가 없는 고향 별장에 앉아
안타까이 창밖을 바라본다

술을 마시지 못하는 큰아우는

술병으로 일찍 세상을 뜬
작은아우를 못마땅히 여겼을 뿐 아니라
내게도 핀잔이 잦았다
그런 큰아우가 몹쓸병으로 먼저 가다니
가는 줄도 모르고 가다니
술잔에 눈물이 뚝뚝 떨어진다

옛꿈

솔잎 사이로 파닥거리는 햇빛은
그저께 오십천에서 본 은어 비늘 같다
등이 굽은 채 서 있는 소나무에
등을 기대어 선다
등 굽은 내 꿈도 은어 비늘처럼
반짝이는 건 왜일까
먼 바다로 떠났다가 되돌아오는
은어처럼 내 꿈도
산란이라도 하려는 건지 모른다
같은 자리에서만 부모의 산소를 지키는
등이 굽은 소나무에게 부끄럽다

오랜 세월 헤매다가 새삼스럽게
옛꿈으로 회귀하고 싶은 마음 때문인지
어머니 품속이 그리워서 그런지
알 수 없기는 하나
때 묻고 이지러진 마음 다잡아

정결하게 닦고 싶다
그 옛날처럼 헐벗고 외질지라도
한결같은 초심으로
등 굽은 소나무처럼 살고 싶다
은어가 비늘을 반짝이며 모천 회귀하듯
먼 옛꿈속으로 되돌아가고 싶다

낮꿈

하루살이는 하루 만에

수미산을 오르는 것 같았다

꿈속에서는 나도 나비 등에 타고

수미산을 하염없이 오르고 있었다

황당하기 이를 데 없다

꿈을 깨고 나면 꿈은 역시 꿈이다

또 하루가 저무는 창가에 앉는다

뜬금없는 망상을 지워내며

찬물을 두어 잔 마신다

세월

지나가는 바람소리를 듣고 있습니다
떠나가는 물소리를 따라가 봅니다
며칠 피었다 지는 벚꽃들이
시샘하는 바람에 흩날리다
물 위에 떠서 떠내려갑니다
아래로, 아래로 가는 물길을 따라
나도 낮게, 낮게 내려가고 있습니다

벚꽃이 피어나기를 오래 기다렸듯이
마음의 봄을 기다리고 있었습니다
하지만 오랫동안 기다렸는데
그 봄은 오다 말고 돌아서
매정하게 가 버리고 맙니다
그뿐만 아니라 모든 게 지나가고
떠나가는 뒷모습을 바라봐야 합니다

최면 또는 심법心法

오늘도 아침이 다가옵니다
하루가 와서는 또 떠나갑니다
비가 내리다 다시 개다가
눈보라 몰아치다 새봄이 오고
꽃이 피었다 지고 말지만
바위는 언제나 그 자리에 있듯
마음을 붙들어 앉힙니다

헤매다가 되돌아와 보면
제자리걸음만 하고 있었을 뿐
거기가 거기인 듯합니다
물이 아래로 아래로 흘러가듯
내려가고 내리려 합니다
비우다가 보면 이내 차오르고
채워지면 다시 비웁니다

기적이 일어난 적이 없고

기적을 기다린 적도 없습니다
요행이 찾아온 바가 없고
요행을 기다린 바도 없습니다
이 순간이 바로 요행이며
기적이라는 생각을 해 봅니다
마음이 문득 환해집니다

집

꽁지가 빠지도록 힘겹게 지은 집을
한 해만 살다 버리는 까치를 생각하다가
제 침 뱉어 만든 진흙으로 지은 집을
반년만 살다 떠나는 제비를 생각하다가
제 창자에서 뽑아낸 실로 지은 집에
고작 열흘만 살 뿐인 누에 생각을 해 봅니다

사람들은 집 마련하려 이전투구泥田鬪狗하지만
한 지기 생각을 해 보면 허망합니다
평생 처음 마련한 집에 겨우 몇 해 살다
세상 떠날 땐 빈손이었기 때문입니다
언젠가는 미련없이 버리고 가야 할 집은
한동안 머물다 비우는 곳일 테지요

누에고치와 제비집과 까치집을 떠올려 보다가
내가 사는 집을 한 바퀴 돌아보면서
빈 손바닥을 한참이나 들여다봅니다

빈손으로 왔다가 빈손으로 떠나가는
사람들이 저 미물들보다도 어리석지 않을까요

한겨울밤

한겨울 깊은 밤중에
찬물 한 잔을 단숨에 들이켜고
창틀 흔드는 바람소리에 귀를 모은다
희미한 소금등 불빛,
불빛에 술렁거리는 악몽 부스러기들

하지만 애써 잠을 다시 부르지 않고
뜨거운 불잉걸 하나
가슴 속에 끌어들여 밤을 지새고 싶다
잉걸불로 타오르는 비애마저도
깊이 그러안고 싶다

날아오르는 꿈

이따금 날아오르는 꿈을 꿉니다
꿈을 깨고 나면 사방이 벽인데
여전히 벽 속에 갇혀서도
꿈속에선 하늘 멀리 날아올랐습니다
몽매에도 그리던 천사를
잠시나마 가까이 만나기도 하고
안 보이던 길을 걷기도 했습니다

오늘도 밤이 오면 다시 잠속에서
옥빛 하늘로 날아가고 싶지만
그런 꿈을 꾸게 될는지
이 풍진세상에서는 알 수 없습니다
날지 않으면 길을 잃는*
새들처럼 날면서 새 길을 여는
꿈을 이 한낮에도 꾸고 싶습니다

*파블로 네루다의 시 「비상」한 구절

탁마琢磨

썼다가는 지운다
지웠다가 되살려 쓰고
고쳐서 다시 들여다본다

처음 떠올린 마음을 되짚으면서
바뀐 마음도 들여다본다

잘못 바뀐 것 같기도 해
주저하다 초심으로 되돌아간다

지웠던 마음 되살아나고
또다시 바뀌는 마음이
그 위에 포개진다

몇 번이나 지웠다가 살리고
고쳐서 다시 또 들여다본다

챗바퀴 돌리는 다람쥐같이
같은 궤도만 맴돌았던 말들

그나마 둥글어지긴 했는지
깎인 모서리를 들여다본다

다시 코로나에게

요즘은 안 보이면 더 두렵습니다
눈 뜨고 귀도 여는데
보이지 않고 들리지도 않는 것이
왜 이리 무서운지요
들리고 보이는 것은
그나마 알아차릴 수 있어서일까요
집 나서면 코 막고
입을 막고 전전긍긍할 따름입니다
사람을 멀리 하면서
그 거리만큼 거꾸로
가까워지고 싶다면 잘못일는지요
소리도 냄새도 없는
당신은 언제 마음 돌리려 하나요

(실은 가까웠던 사람이
등져서 더 무섭습니다)

안 보이게 쳐들어온 당신은
입을 막고 코도 틀어막으면서
어디를 가든 옥죄기만 하네요
공포의 수렁에 빠뜨리네요

입 막고 코 막고
—코로나 블루 1

눈을 뜨고 귀를 열며 길을 나섭니다
사람을 만날 때마다
입을 막고 코도 막아야 합니다
낯선 사람, 낯익은 사람들 모두가
코를 막고 입도 막고 있습니다
귀를 열고 눈을 떠도
보나 마나 들으나 마나일 뿐입니다

사람들 사이가 가까워지지 않습니다
일정한 거리를 두고
경계하며 불신하고 있습니다
그 누가 입을 열고 코를 열면서
헤칠지도 모르기 때문입니다
사람과 사람은 이제
서로 못 믿어 멀어지는 사이입니다

나의 방
—코로나 블루 2

요즘 나의 방은 연옥 같습니다
하지만 다시 생각해 보면
나만의 천국 같기도 합니다
아무도 없는 방에 홀로 있으면
갇혀 있는 것 같으면서도
마음은 분방하게 그 안팎을 넘나듭니다
낮에는 햇살을 끌어들이고
창밖의 꽃들도 불러 앉힙니다
마음 내킬 때는 밤 늦도록
지는 달도 뜨는 별들도 안 놓아 줍니다
주저앉다가도 일어나면서
아픔도 홀로 넘어서야 하지만
나만의 세계에 들곤 합니다
오늘도 나는 연옥과 천국
그 사이를 넘나들고 있습니다

코로나 레드

사람들이 요즘 거칠어졌습니다
괜한 일에도 역정을 냅니다
보이지 않는 공포에 시달리다 지쳐
분노의 무기로 바뀐 이들도 있습니다
그 공격도 언제 당하는지 모릅니다
하지만 우울증을 못 이기는
사람들이 남들이기만 할는지요

분노를 삭이면서 들여다보아도
제대로 삭지 않고 있습니다
우울증이 분노를 낳고 그 분노가
절망과 좌절로 이어질까 두렵습니다
이 코로나 팬데믹이 언제 끝날지
역정을 내다가도 가슴 쓸며
마음을 추슬러 보기도 합니다

하늘

맑다 흐렸다 화창하다가
소나기 쏟아지다 이내 갠다

손바닥 뒤집듯이 기회를 낚아채며
마음 바꾸는 사람을 미워하다가
내게도 문제가 있을 거라고
마음 뒤집어 보기도 한다
그래도 그 사람을 미워하는
마음이 가라앉지 않으니 괴롭다
하지만 하늘을 우러르며 바라본다

갰던 하늘이 다시 느닷없이
소나기를 퍼부을지라도

상념 想念

비를 세차게 퍼붓던 하늘이
언제 그랬느냐는 듯 구름을 걷어낸다

소낙비가 소의 한쪽 등짝만
적시며 스치던 기억이 문득 떠오른다

나무들이 젖은 몸을 말리고
새들이 날아와 맑은 노래를 끼얹는다

하늘이 하는 일은 하늘의 몫
우리가 하는 일은 우리의 몫

알다가도 모를 세상에선 모르는 사이
어떤 일이 일어날지 모른다

한 치 앞을 내다보지도 못하는 우리는
모르는 것을 모르는 채 산다

모르는 것이 약이라는 위안을 하면서
무명 길을 가야 하기도 한다

소나무 그늘

깊은 산골짜기, 솔숲에 든다

마을에 두고 온 마음의 그늘들도

따라오거나 슬며시 먼저 온 건지

소나무 아래서 웅크리고 있다

아무도 안 만나고 싶어 칩거하던

사람 기피증이 안 풀려서 그럴까

민망스럽고 딱하기 그지없다

멧새들이 다정하게 속삭이고

지나는 바람이 타이르는 듯한데

아직도 마음이 되돌려지지 않아

소나무 그늘에 주저앉을 뿐

상처가 깊은 마음을 추스르면서

한참 나를 들여다보고 있노라면

소나무 그늘이 나를 품는다

은사시나무와 안개

간밤의 잠이 덜 깬 것같이
안개 속에 서 있는 은사시나무들
막 잠깬 듯한 까치들이
그 사이로 날며 노래를 끼얹고 있다
키가 커서 쑥스러운 듯
은사시나무들은 몸을 흔들다가 말고
강물은 올려다보다 간다
이런 날의 아침 안개는 푸근하다
잠이 덜 깨서 그런 것일까

은사시나무들을 감싸 도는
늦가을의 안개는 간밤 꿈속에서
나를 부드럽게 감싸주던
바로 그 비단 자락과 같아 보인다
까치들의 노랫소리 역시
간밤 꿈결의 소리 그대로여서일까
은사시나무들은 이 아침

간밤 꿈속 그 비단 자락 속이다
나도 그 안개 속에 든다

달과 개

달을 쳐다보며 개가 짖는다

호수에 떠 있는 달이

연방 그 광경을 올려다본다

개가 꼬리를 흔들며

호수에 뜬 달을 들여다본다

하늘에 떠 있는 달이

물끄러미 개를 내려다본다

꼬리를 내리는 개가

달빛 받으며 어디론가 간다

다시 비몽사몽非夢似夢

꿈을 깼는데도 꿈속이다
허물어진 꿈의 경계

꿈속이 꿈 밖이고 꿈 밖이 꿈속이다
시절이 하도 수상해
꿈을 버린 꿈을 꾸는 건지

질 나쁜 바이러스에 감염돼 그런 건지

그 경계가 어물어지기보다
아예 한몸이 됐는지
꿈 밖이 꿈속이고 꿈속이 꿈 밖이다

비몽사몽 입을 막고
코를 막고 눈도 감은 채

배와 바다, 하늘

바다는 배를 띄우지만
뒤집어 물속에 가라앉게도 하죠
바다를 늘 두려워해야 해요

하늘의 그물은 안 보이지만
어김없이 드리워져 있다고 해요
모든 걸 다 걸러내면서

하늘은 늘 내려다봐요
손바닥으로 하늘을 가리지 말고
한결같이 우러러봐야 해요

바다에 배가 떠 있을 때는
배가 바다를 받들어야만 해요
배를 품어 주니까요

거울

나를 들여다보니 한심하다
목말라 해종일 떠돌았던
내가 너무 한심하다
오십보백보인데 어디로 가려고
길이 없는 길을 헛돌았던 내가
다시 내게 돌아오는
귀갓길의 낯익은 어스름
집에 들어서려니 한심하다

구하고 채우려 헤매서일까
길들이 거꾸로 구겨진다
거울 속의 내가 내게
지우고 버리고 내려놓으라고
그래야만 제대로 채워진다고
말 없이 말하는 건지
거울 속의 내가 아니라
거울이 말하는지 짚어본다

어떤 꿈길

꿈에서 막 깨어나
그 꿈길을 눈감고 더듬어 오르면
갓 낳은 달걀처럼
또는 갓 삶은 달걀처럼 따스하다

거기 깃들어 오래
그 바깥으로는 나오고 싶지 않다
갓 삶은 달걀처럼
또는 갓 낳은 달걀처럼 따스하던

모처럼의 그 꿈속
거슬러 올라도 닿을 듯 멀어지는
이 풍진 세상살이
눈뜨면 희뿌옇게 다가오는 무명

갓 삶은 달걀이나
어루만지며 마음 달래는 이 아침

이 따스한 느낌도
이내 간밤 꿈길 너머로 멀어진다

오늘을 가며

영영 죽지 않을 것같이 꿈꾸고
오늘 죽을 것처럼 꿈 밖을 걸을까

그러면 그 안팎이 하나로 어우러질까
오늘 죽을 것처럼 꿈 밖을 걸으면
죽지 않는 꿈속에 이를 수 있을까

오늘은 하늘이 유난히 투명한 날
인적 없는 산속의 그늘에 깃들어
흐르는 물소리에 마음을 끼얹어본다

꿈 밖도 꿈속으로 깃드는 중일까
마음이 물소리에 실리고 있듯이

송어

산발치의 계곡물에 발을 담그고
찬물 한 잔을 단숨에 들이켠다
서늘한 산그늘의 맑은 물소리

기다리면 송어들이 이내 올 것 같은데
기다리지 않던 슈베르트의 송어*가 먼저 온다
간간이 들리는 더블베이스의 피치카토,
이따금 눈감고 젖게 하던 그 선율이
늦여름 산발치의 계곡까지 따라와서는
물소리에 실려 흐르고 솔숲과도 어우러진다
기다리던 송어들은 끝내 오지 않는다

요즘은 환상에 빠져들곤 한다
코로나 팬데믹 때문에 이런 걸까
슈베르트의 송어가 가끔 찾아온다

*슈베르트의 피아노 5중주곡

희망 고문

새 한 마리가 하늘 높이 날아오릅니다

보일 듯 말 듯한 작은 점같이

내 마음도 아득한 허공에 떠 있습니다

오래 갇힌 채 가라앉아만 있었는데

새처럼 날고 싶은 꿈을 꾸면서

내 마음에도 날개가 돋아난 걸까요

아무리 생각해도 그런 것 같지 않은데

날개가 없는 내 마음이 어떻게

저리도 높이 날아오를 수 있었을까요

이른 아침에

담박하고 간결한 것이 좋아진다
맵싸하고 짭짜름한 음식이 좋듯
그런 것들에 마음이 간다

군더더기들은 다 떨쳐 버리고
지울 건 지우고 비울 건 비우고

세상이 어지러워도 마음 다잡아
조신하게 새아침을 맞고 싶다

간절히 그런 날을 꿈꾸고
그런 말들을 보듬고 빚어내서는
정결하고 따스하게 품어 안는다

현*과 나

현이는 노각을 좋아하고
나는 풋풋한 오이를 좋아한다
현이는 국을 좋아하지만
나는 장아찌와 젓갈을 좋아한다
현이는 고기를 좋아하고
나는 고기를 좋아하지 않는다
현이는 김치를 즐겨먹고
나는 마늘과 고추를 즐겨먹는다
현이나 나나 별난 성미라
마음에 안 들면 절대로 하지 않는다
나도 현이도 소식이면서
편식하는 버릇을 버리지 못한다
나는 예술을 선호하지만
현이는 거기다가 운동까지 선호한다
현이가 나를 닮았다지만
닮지 않은 점이 더 많은 것 같다
현이가 핀잔을 들을 때는

할아버지를 닮아 그렇다고 해
민망스러울 때도 적잖다
그래도 싫지는 않은 건 왜일까
현이가 어떻게 여기는지
아직은 물어 본 적이 없지만
물어 보고 싶지도 않다

*어린 둘째 손자

연꽃 갈피

청도 화양 유등 연지에서 한나절

나는 갈피 잃은 바람일까요

마음의 갈피를 잡지 못해 헤매다

연꽃 갈피에 깃들고 싶어 찾아왔건만

아무리 애써도 깃들 수 없습니다

진창에 빠진 채 허우적대는

마음 오롯이 데리고 오려 했는데

빈 몸으로만 온 것일는지요

진흙 연지의 꽃들이 너무 눈부셔

그 언저리를 스치거나 맴돌고 있을 뿐

정처도 없이 헤매는 떠돌이 바람,

나는 그런 바람인가 봅니다

아무래도 깃들 수 없는 연꽃 갈피

솔바람길*

구름 따라 운문사 골짜기를 걸어가다
솔숲길에 들어섭니다
솔향기 그윽하게 발길을 붙드는 동안
흘러가는 구름도 잠시 머무는 걸까요
눈을 감고 서 있으면
솔바람이 구름 문의 빗장을 내립니다

구름이 열어 주는 문으로 들어섭니다
이 솔바람길에서는
꿈속에서 만난 길도 활짝 펼쳐집니다
멧새 소리도 바람의 등을 떠미는지요
솔바람이 앞장서서
한 번도 못 가본 데로 인도해 줍니다

*청도 운문사 부근의 솔숲 길

만대루晚對樓*에서

하늘에 흰 구름 한 자락
가듯 말 듯 가고 있다
만대루에 앉아 바라보면
병산屛山에 머물다 가는 모습은
노승이 묵언수행 마치고
마음 추스르며 느리게
탁발 떠나는 발걸음 같다

달을 가리켜도 달이 아닌
손가락을 쳐다보듯이
만대루에 앉아 미련하게
강을 감싸 안은 병산이 아니라
허공의 구름을 바라보는
이 마음의 아둔함이여
뜬구름 같은 내 마음이여

*안동 병산서원의 누각

회룡포回龍浦

강물로 빚은 항아리에 든 걸까
작은 섬에 든 것일까
하늘이 가까이 내려와 주니 섬 같고
눈 감고 앉아 있으니
물소리 두르고 있는 항아리 속 같다

하늘을 이고 앉아 있는
섬이든 큰 항아리든, 그 안에 든 나는
잠시 스치다 가는 바람

조금 전 회룡대에서 내려다봤을 때는
강물이 감싸 안은 섬,
물도리 속의 항아리처럼 보였었는데
그 안에 깃들어 보면
나는 한갓 조그마한 티끌일 뿐,

용이 되돌아오고 있는지

물길 따라 하염없이 세월은 흘러가도
회룡포는 그냥 한결같다

나의 선묘善妙*

꿈속엔 나의 선묘도 있을까
꿈속에도 없을까
꿈속에도 없다면
꿈 너머, 그 너머에는 있을까
부석사 무량수전 뒤편
뜬돌을 바라보면 그 사모가 사무쳐 온다
얼마나 연모했으면 용으로 몸을 바꿔
먼 바다를 건너와 뜬돌로 사무쳐 있을까
그 사랑 너무 아득하다
꿈 너머엔 나의 선묘도 있을까
꿈속에도 안 보여
자꾸만 꿈을 꾼다
되레 내가 사무치기만 한다

*의상대사를 사모해 중국에서 용이 되어 따라와 부석浮石이 됐다는
낭자

상사화 相思花

따끈한 맨발로 뛰어내리는 햇살
진초록 잎들이 다 진 뒤에야
달아오른 홍자색 그리움

잎이 꽃을 그리워하듯이
꽃은 잎을 저리 그리워할까
한여름 천사의 저 애달픈 사연

상사화 활짝 핀 오후 한나절엔
멀리 떠나버린 그대 그리워
아득한 하늘 우러러본다

물같이 가고 오는 세월,
속절없이 꿈길을 걸어가는
그대는 오늘도 나를 그리워할까

다솔사에서

황금편백나무가 내 가슴에도 불을 지핀다
저 나무는 다솔사 안심료에 머물다 떠난
옛사람들이 환하게 불 밝힌 정신을
고스란히 품고 있기 때문일까
안심료 안마당에서 가슴 열면
황금편백나무는 말 없이 말을 한다
한용운, 최범술, 김범부, 김범린, 변영만,
변영로, 변영태, 박영희, 김동리가 말한다

그 많은 말들을 다 알아듣지는 못하지만
그 정신을 받들어 나서는 것만으로도
가슴 따스하고 서늘해지기도 한다
바람처럼 구름처럼 떠돌다가
잠시 머무는 한 알 먼지처럼
작고 낮아지면서야 환해지는 마음,
저 황금편백나무가 품어 줄 것 같아
한참이나 안심료 안마당에서 서성거린다

뱁새

긴 꼬리를 흔드는 뱁새 떼가
흔들리는 갈대숲의 수다쟁이답게
쉴 사이 없이 휘파람을 분다

붉은 날개로 낮게 날면서
가랑이 찢어질세라 황새를 좇다 말고
또 좇으면서 수다를 떤다

간밤에도 뻐꾸기의 알들을
포란했는지, 오늘따라 유난히 바쁘게
갈대숲을 휘젓듯 쏘다닌다

뻐꾸기가 숨어서 우는 동안
오목눈이답게 오목하게 눈을 뜨고
비비비 연방 휘파람을 분다

낙동강 하구언

바다와 구름머리를 빗질하는 먼 하늘,
민물과 바닷물이 번갈아 쓰다듬는
모래섬이 눈부십니다
그보다 마음 끄는 건
이 하구언을 찾아오는 길손들이죠
나도 잠깐 머무는 길손이라 그럴까요

봄가을엔 마도요, 좀도요, 노랑발도요,
왕눈물떼새, 검은머리물떼새가 들고
백조, 큰고니, 쇠기러기,
혹보리오리, 흰죽지들은
겨울에 날아드는 철새들이라더군요
철마다 철새들이 찾아드는 하구언이죠

모래섬과 갈대들을 지키는 텃새는
노랑턱멧새, 떼까치, 붉은머리오목눈이,
참새 등이라고 들어 알고 있지만

텃새들과 어우러지는
철새들에 주목합니다
여름철에는 황새, 왜가리, 뜸부기,
쇠재비, 갈매기, 흰물떼새가 다녀갔다고
이곳의 지기는 자랑이 자자합니다

화본역

반세기도 넘은 그 옛날에
단 한 번 찾은 적 있는 화본역,
마음먹고 완행열차로 찾아왔더니
먼 그 옛날이 기다린다
단장 새로 한 급수탑은
속을 다 비우고도 제자리에서
증기기관차를 그리워하고 있을까
꿈속에만 가끔 나를 찾아오던
그 사람은 지금 어디서
뭘 하며 사는지 알 수 없지만
그때 그 추억은 여전히 그대로다
그 사람도 기관차도 아득하게
떠나가고 없는 화본역,
속절없는 내 마음같이
그 옛날 그때를 그러안고 있는지
타임머신을 타듯 거슬러 찾아온
나를 포근히 품어 준다

까무룩

까무룩, 복사꽃 그늘에 잠들었나 봐요
봄날 한나절 마음 내려놓고
잠깐 정신 줄을 놓아 버린 걸까요
겨우내 웅크리고 있다가 알게 모르게
아릿한 황홀경에 빠져들었나 봐요
현혹이라는 걸 알고 있어도
뿌리치지 못했기 때문이었을 거예요

때로는 길을 거꾸로 가고 싶어지고
길 아닌 길로 가고 싶어져요
마음이 붕붕 떠서 그런 것일까요
복사꽃 흐드러지면 바람나서 그럴까요
정신 줄을 당기다 놓게 되더군요
봄날에 도지는 버릇 탓인지
까무룩, 복사꽃 그늘에 잠들었나 봐요

절정絶頂

속절없이 길을 헤매다가
작은 풀꽃에 마음 빼앗깁니다
들여다보면 볼수록
못 잊을 지난날의 그 짧은 한때가
꽃으로 되돌아온 것일까요
그 절정의 순간이
꽃잎에 글썽이고 있다니요
언제까지나 다시 꾸지 못할 꿈처럼
그 꿈결의 바람처럼
아득히 떠나버린 그 순간으로
글썽이며 다가가 봅니다

짧은 단 한 번의 그 절정이
이토록 그리울 줄이야
이다지 사무치게 될 줄이야

늦여름 한때

꽃들을 죄다 떨군 능소화 넝쿨이
담장을 오르다가 말고
물끄러미 허공을 올려다보고 있다

집을 나서다가 말고 발길을 되돌려
마당에 우두커니 선다
먼 산 너머로 떠가는 구름 한 조각

어디에서 어디로 바삐 가고 있는지
작은 굴뚝새 한 마리가
머리 위를 스칠 듯 말 듯 날아간다

한여름 내내 피어 있던 페튜니아
꽃잎도 맥없이 시든다
나는 왜 가고 싶은 곳도 없을까

먼 하늘

영산홍 꽃잎이 지고 있다

불 지르듯 제 몸을 태우고 난 뒤

온 길로 가고 있는 중인지

그 그늘에 들어 바라보고 있으면

열정적으로 살다 떠나버린

한 소녀의 짧은 생애가 떠오른다

한여름의 햇살은 뜨겁지만

그것도 한때일 뿐 가을이 머잖고

오면 가고 가면 오는 것이

우주의 질서라지만 가슴 아리다

지는 영산홍도, 한 소녀도

눈에 밟혀 먼 하늘 올려다본다

하늘은 무덤덤 내려다본다

소녀와 핑크뮬리

핑크빛 머리칼의 소녀가

첨성대 앞 핑크뮬리들을 배경으로 서 있다

머릿결이 배경과 어우러지듯 나부낀다

아마도 저 소녀는 핑크빛 마음을

머리칼에 그대로 물들인 것 같다

이 광경을 바라보는 내 마음도 한동안

핑크빛 물결에 감싸이듯 환해지는 느낌이다

눈을 감아 보아도 그렇다

하늘이 유난히 맑고 밝은 가을날 한때

나부끼는 핑크뮬리와 소녀의 머리칼이

마음 붙들어 붙박이듯이

마냥 이대로 서 있고 싶어진다

지나가던 구름 한 점도

멈춰 서서 내려다보고 있는 것만 같다

늦가을 적막

감나무 가지에 까치밥 몇 개

옥빛 하늘에는 뜬구름 몇 점

나는 여태 누구를 기다리고 있었는지

어디로 간다고 가고 있는지

집을 나서면서 생각해 보면

저 뜬구름 같고 까치밥 같기도 하다

까치들도 어디론가 가버리고

뜬구름들이 유유히 흘러가는

산마루에는 희미하게 걸려 있는 낮달

기다려도 돌아오는 이 없고

나는 어디로든 가야만 하고

나를 잊지 말아요
—물망초勿忘草

물망초 꽃들이 피어난다
저 애틋한 사연이 가슴에 저민다

전해오는 이야기 속의 한 청년이
기억의 아득한 저편 강을 건너서
꿈결인 듯 다가오기 때문일까

—나를 잊지 말아요

다뉴브강의 푸른 물결 너머로,
오늘은 금호강 물결 위에 뜨면서
그 옛날 그 시절 나를 불러 준다

먼저 떠나버린 사람을 불러 준다
그 사람을 잊을 수 없다

실향失鄕

소를 타고 소를 찾아 떠돌고 있듯이
고향에 와서 고향을 목말라하다니

옛날의 어두운 기억들 때문일까
여태 그 쓰디쓴 날들에
붙잡혀 있는 어리석음 때문일까

고향에 와서 고향을 그리워하다니
아직 소를 타고 소를 찾아 헤매는지

IV

하늘에서와 같이 땅에서도
—이문희 바울로 대주교님 영전에

하늘에서와 같이 땅에서도
당신이 이루시던 사랑과 평화의 길을
우리는 제대로 따르지 못했습니다
성자와 힘께 성부께로 나아가시며
성령으로 당신은 한결같이
길 위에서 헤매는 우리를
따뜻하게 끌어 주시고 밀어 주셨습니다
하지만 우리는 제대로 따라가지 못했습니다
하느님과 함께, 높지만 낮고 부드럽게
우리에게 다가서시던 당신은
언제나, 누구에게나 생명의 길을 일깨우셨습니다
아버지의 나라로 나아가야 한다고
한 손엔 종려나무 가지를,
다른 손엔 사랑의 등불을 드셨습니다
종려나무 잎새를 흔들어
어두운 길을 환하게 밝히시며
우람하게 저만큼 앞서 걸으셨습니다

우리는 어리석어 제대로 따르지 못했습니다
영원한 생명을 주시는 그리스도를 따라
오로지 한 길을 걸으신 당신의
크고 부드러운 손, 낮게 임하시던 그 모습이
오늘은 더욱 거룩한 빛을 뿌립니다
우리의 눈과 귀는 어둡고
여전히 길을 잃은 채 헤매지만
하늘에서와 같이 땅에서도 이루시던
사랑과 평화, 당신이 꿈꾸시던 나라는
아득히, 그러나 가까이 눈부십니다
이제 아버지의 나라에 드신
당신 앞에서 무릎 꿇고 조아립니다
빛이 되신 당신을 우러러 우리는
이 변변찮은 기도를 올리고 있습니다
더욱 높이, 깊이 빛나소서
하느님 사랑 안에서 불쌍한 우리를
굽어보옵소서, 더우 깊이, 높이 빛나소서

푸른 별 하나

그를 떠나보내고 돌아오는 길,
눈앞이 자꾸 흐려져도
밤하늘엔 별 하나 새로이 보인다

그는 별이 되려고 떠나간 것일까
새로 뜬 푸른 별 하나,
그의 뒷모습도 얼비치고 있다

그 옆에 미리 떠 있는 별들이
그를 반기고 있는지,
다정히 따스하게 감싸 안아 준다

그는 이제 나를 내려다보는 건지,
푸른 별이 반짝이며
눈빛을 보내고 있는 것 같다

그분의 뒷모습

황혼 무렵, 서산이 구름을 이고 있다
허리 굽은 소나무 위로 미끄러지는
멧새들의 지저귐,
보따리 인 노파가 느리게 걸어간다
한 노인이 지팡이를 짚으며 따라간다

어둠이 내리는 산발치의 길에서
그분의 아름다운 뒷모습을 떠올린다
검붉게 타는 노을,
산이 이고 있던 구름을 내리고 있다
못물엔 별 하나 유난히 빛난다

이 세상 모든 것들은 죄다 떠나간다
떠나가서는 다시 돌아오지 않는다
노부부를 뒤따라
저만큼 마음은 산모롱이를 돌지만
그분의 뒷모습은 환하게 되돌아온다

뒷모습 생각

또 그분 생각에 잠긴다
멀어질수록 가까이 느껴지는 그분의
뒷모습 때문인 것 같다

우아하게 피어 있던 목련화들은 왜
처참한 모습으로 지고 있는지
지난 여름에 지던 능소화들이
왜 지금 목련화와 겹쳐져 보이는지

요양원 들렀다 나오면서
다시는 그 문지방을 넘어오지 못할
사람을 자꾸 뒤돌아본다

애써 지나온 길로 거슬러 오르면서
기실은 벼랑길 끝에 서 있는
저 사람의 모습이 안쓰럽다
그분과는 너무 달라 보여 안타깝다

그분의 뒷모습이 더욱더
아름다워 보이는 건 부러움 탓일까
내 뒷모습도 궁금해진다

그분 생각

하늘 높이 나는 새를 바라보다
바닷가에 앉아 수평선 너머로
아득히 멀어져가는 배와
점점 가까이 다가오는 배를 바라본다

그분이 영영 떠나가신 지도 오래지만
왜 낯선 바닷가에 와서
오가는 배와 새들을 바라볼까
돌아올 리 없는 그분을 못 잊어

되돌릴 수 없는 그 시절 아쉬워
정처 없이 헤매게 되는 걸까
길을 가르쳐 열어 주실
스승을 이 세상에서 언제 다시 만날지

그분은 가까이 존경하는 스승이었지만
따라갈 수도 없었던 분,

떠나가도 떠나지 않으시고
언제나 가슴 깊이 머무시는 분

목련나무, 산딸나무

팔 벌리고 서 있는 목련나무
잎사귀들이 햇살 받으며 반짝입니다

며칠간 피었다가 져버린
꽃들을 차마 못 잊어 그런 걸까요
꽃잎이 떨어져서 뒹굴던
발치의 빈 땅바닥을 내려다봅니다
하늘도 가끔 쳐다봅니다

흘러가는 시간도 티끌로 돌아갈까요
가슴에는 티끌들만 쌓입니다

목련나무 옆의 산딸나무는
돋아나는 잎사귀들을 흔들어댑니다

먼 옛날 십자가로 쓰였던
기억을 떨칠 수 없어서 저럴까요

온몸을 비트는 것 같네요.
부활절 지난 지도 한참 되었는데
마냥 조아리며 서 있군요

우리의 삶도 저와 같지 않을는지요
십자가 우러러 손 모읍니다

크고 부드러운 손

나는 안 보이는 손을 우러른다
나를 감싸며 어루만져 주는 손,
그 크고 부드러운 손을 우러러 꿈꾼다

무릎 꿇고 두 손 마주 모은다
몇 번이나 꿈속에서만 느꼈던
그 크고 부드러운 손이 느껴질 때까지
낮게 낮게 내려가면서 꿈꾼다
낮아서 높아질 때까지 꿈꾼다

나의 이 기도가 끝내 부질없을지라도
이 기도가 소망일 뿐일지라도
크고 부드러운 손을 우러른다

낮은 기도

당신을 따르며 가려 해요
그렇게만 가려 해요
당신이 못 박힌 손으로 말했듯이
어떤 유혹에도 삿된 일은 하지 않으며
가지 말아야 할 길은 가지 않고
묵묵히 주어진 길로
물 흐르듯이 가려고 해요

물 흐르듯이 가려고 해요
오로지 주어진 길로
언제나 함께하는 당신 따라서
당신이 밝혀 주는 길로만 가려 해요
낮게 낮게 당신을 불러들이며
그렇게만 가려 해요
당신을 따르며 가려 해요

천주의 성모님께

천주의 성모님, 간구하오니
헐벗은 저희 마음에 환한 불, 밝혀 주소서.
당신의 그지없는 성심과
보잘것없는 저희의 신심이 어우러져
오월의 장미처럼 꽃피기를 기도드립니다.
세상은 여전히 소란하고 고통스럽지만
성모님 품안은 한없이 포근하고 따뜻합니다.
당신께서는 주님을 낳아 기르시고
주님과 함께 온갖 고난을 이겨내셨기에
거룩한 그 길을 안간힘으로 따라 나섭니다.
오로지 주님과 당신의 사랑과 은총 안에서
고난 너머의 희망을 간절하게 불러
가슴 깊이 보듬어 안고 있습니다.
코로나 환란은 아직도 끝이 보이지 않고
그 공포와 불안도 거듭되고 있습니다.
하지만 저희는 주님의 수난과 죽음,
부활을 우러러 기리며 희망을 잃지 않습니다.

주님과 당신이 저희와 함께하시는 한
어떤 고난과 두려움도
이길 수 있다고 굳게 믿고 있습니다.
저희는 모든 걸 주님과 성모님께 맡기고
무릎 꿇어 조아리며 찬미 드립니다.
천주의 성모님, 이 기도를 들으시고
저희를 위하여 빌어 주소서.
이 성스럽고 눈부신 달에
헐벗은 저희 마음에 환한 불, 밝혀 주소서.

그 사람 1

그 사람은 어느 날
달 그림자 지나가는 서산을
홀연히 넘어갔습니다
붉은 노을이 유난히 불콰합니다
별들이 눈을 비비며 뜨고
뒤돌아보지 않고 가는 개울물
바람은 온 길을 지우듯 지나갑니다
그 사람을 생각하면 가슴 아립니다
하늘도 어찌 그다지 무심한지
생각할수록 안타깝습니다
너무나 착하고 어질었던 사람을
먼저 불러들인 걸까요
노을이 스러져 버릴 때까지
서산을 바라봅니다

그 사람 2

예쁜 꽃들이 시들다 지고
아름다운 새소리도
귓전을 떠난다
떠나도 내 마음에 들어온 그 사람은
안 떠나고 그대로 살아 있다
한결같이 내 안에 머문다

눈에 들어와서 머무는 것
귀에 들어와 머무는 것보다
마음에 들어와서 머물고 있는 것이
더욱 아름답다
안 떠나는 그 사람이
그 가운데 가장 아름답다

갈매나무

갈매나무 진초록 잎에 마음 비빈다
백석*이 외로워 마음 포개던
옛날의 그 갈매나무도
여기까지 와서 어깨를 겯는 것 같다
코도 입도 막고 살아야 하는 요즘은
지나치던 갈매나무의
까칠한 몸피도 진초록 잎도
괴로운 마음을 붙잡아 머물게 한다

코로나 블루를 넘어 레드로 바뀌다
다시 블루로 바뀌긴 했지만
이 세상은 아직도 연옥
홀로 격리된 사람들을 만나고 싶고
등을 돌린 사람도 돌려세우고 싶다
백석이 눈 내리는 저녁
아픈 마음 달래고 추스르던

곧고 정한 갈매나무에 마음 포갠다

*시 「남신의주 유동 박시봉방」에서 "곧고 정한 갈매나무"를 떠올리며 새
삶을 꿈꾸던 시인

풀꽃을 보며

한 포기의 풀에서
꽃이 피고 꽃이 집니다

먼저 지는 꽃이 피는 꽃에게
무슨 말을 할까요
피는 꽃은 먼저 지는 꽃에게
또 어떤 말을 할까요

늘 가까이 살던 사람이 떠나가도
아무 말을 하지 못하고
그 사람도 아무 말을 하지 않고

먼 길을 떠났습니다
피었다 지고 마는 저 꽃들도
아무 말을 못하고
속절없이 헤어지고 있을까요

우리도 저 풀꽃들같이
피고 지곤 합니다

나의 얼굴

방황하던 젊은 시절에는 가끔
거울에 비친 나의 얼굴이
내 얼굴이 아니라는 생각을 했다

그 얼굴이 되고 싶은 나의
얼굴과 다르다는 좌절감 탓이었다

거울에 비친 나는 내가 아니라
진정한 나로 살지 못하고
떠밀리고 떠내려가는 나였으며
그 갈등으로 이지러진 채
부유하는 허상으로만 여겨졌다

나를 잃어버린 나로만 바라봤는데
세월이 무상해 이런 걸까

이지러질대로 이지러진 요즘에는

거울에 비친 나의 얼굴이
내 얼굴로 보이다니 눈물겹다

어떤 여운餘韻

새들의 지저귐이 해 질 무렵
몸을 비트는 벽오동나무 잎을 흔든다
그 옆에 서 있는 단풍나무가
붉은 잎들을 뽐내듯이 바라본다
벽오동 잎들이 하나둘 떨어져 내리고
해가 서산마루를 넘어가려 한다
한 노파가 지팡이에 의지하며
가듯 말 듯 두 나무 밑으로 지나가고
새들도 어디론가 가 버린다

잠깐 바라본 가을 점경인데
벽오동 지는 잎들에 왜 마음 아파하며
단풍나무는 뽐내고 있다고
못마땅하게 여기기도 했던 걸까
한 노파의 모습이 안쓰럽게 떠오르고
어둠에 점점 밀려나는 저녁노을
새들도 둥지에 들었겠지만

위로하듯이 벽오동나무 잎들을 흔들던

그 지저귐은 귓전에 머문다

지평선과 수평선

지평선은 땅이 하늘에 맞닿기 위해
하늘이 땅에 맞닿기 위해
수평선은 바다가 하늘에 닿으려고
하늘이 바다에 닿으려고

땅과 바다와 하늘이 한몸 되기 위해
서로 끌어당기는 것일까

하늘과 바다와 땅은 서로
언제까지나 나뉘어지려 맞서는 걸까

서로 팽팽하게 맞서려고
수평선은 하늘이 바다를 밀어내고
한사코 서로 나뉘어지려
지평선은 땅이 하늘을 떠미는 걸까

첫눈

오늘 내리는 눈은 포근하고 다정하다
바람이 잠자는 동안 나직하게
속삭이듯 조신한 자태로 내려온다

잊힐 듯하다 살아나는 기억과 같이
떠나간 사람이 다시 돌아오듯
마음의 빈터에 따스한 불을 지핀다

창밖의 나무들이 무명옷을 입는다
날아온 작은 멧새 서너 마리는
창가에 순은의 노래들을 끼얹고 있다

김복희의 우담바라

오래 꿈꿔온 꽃을 바라봅니다
단 한 번도 보지 못한 채
꿈꾸며 마음으로 바라던 꽃을,

사람의 몸의 말을 바라봅니다
김복희가 춤으로 빚은 우담바라,
간절한 마음이 피워 올리는
그 꽃을 이제 겨우 영상을 통해
아주 가까이서 들여다봅니다

이 삶의 늪, 이 갈등과 고뇌의
늪에서는 오로지 꿈결이듯
김복희의 춤을 보고 있습니다

삼천 년에 한 번씩 피어난다는
순결한 사랑의 화신,
윤회의 멀고 먼 길을 돌고 돌아

부처와 함께 온다는
평화와 화해의 그 꽃을 봅니다

존재의 부름, 영혼의 응답

이진엽 (시인, 문학평론가)

존재의 부름, 영혼의 응답

이 진 엽 (시인, 문학평론가)

1. 곤궁 속에서 열리는 시

'시는 곤궁해진 이후에야 공교해진다詩窮而後工.' 중국 송나라 시인 구양수의 이 시론은 온갖 사회적 모순이 만연해 있는 현대 사회에서도 여전히 유효한 것으로 보인다. 곤궁은 가난이나 궁핍이라는 축어적 의미를 뛰어넘어 현실의 부조리와 깊은 연관을 맺고 있기 때문이다. 특히 팬데믹의 고통에 겹쳐 세상의 숱한 죄악과 상처들이 뒤엉켜 있는 이 시대의 정황을 그 곤궁은 다시 반추해 보게 한다. 그러므로 이 곤궁이야말로 천 년의 세월을 초월해 오늘날 시인의 가슴에도 시의 불꽃을 점화하는 데 최적의 조건이 되기도 한다. 이 신산한 시대에는 새로운 시가 빚어진다. 어둠이 빛을 짓누르는 이 시대에 시인의 가슴은 열리게 되며, 서정적 자아는 상처와 고통 속에서 더욱 깊어지게 마련이다.

시력詩歷 48년의 관록을 지닌 이태수 시인이 시의 공력功力을 쏟아부으며 새롭게 펴내는 이 열여덟 번째 시집은 그런 맥락에서 읽힌다. 그의 가열된 창작 의지와 활기 넘치는 필력도 놀랍지만, 지난해에 이어 일 년 만에 다시 세상에 선보이는 이 시집에는 시대와 세인들로부터 받은 상처를 시인 스스로 꿰매며 치유하는 삶의 철학이 자리매김하고 있다. 지난 열일곱 번째 시집에서 그의 시를 지탱하는 세 꼭짓점이 실존, 현실, 초월이라고 분석된 바 있다. 이 시집에서도 그 삼각 범주가 중요한 주춧돌로 작용하고 있지만, 그 세 꼭짓점이 연결되는 선 안에 종차種差를 보이는 또 다른 삼각 구조들이 파생되고 있어, 마치 프랙탈 구조처럼 좀 더 다채로운 의미의 문양紋樣들이 펼쳐지고 있다.

'길-흐름-비움', '상처-자연-꿈', '지상적 그리움–영적 그리움–구원'이라는 의미망意味網들이 전체 구조 속에 부분을 이

루며 얽혀 있다. 특히 그의 실존적 고뇌와 아픔들이 이 시집
에서는 꿈을 매개로 한 초월 의지를 넘어서서, '신앙'과 관련
된 존재론적 구원 의지로 승화되고 있다. 이런 시적 변모는
삶과 죽음에 대한 근원적 사유와 영혼의 본향을 갈망하는 시
인의 깊은 성찰에서 우러나오는 것으로 보인다.

2. '길'과 흐르는 삶

이태수 시인의 이 시집에서는 '길'을 모티프로 한 시편들이
먼저 인상 깊게 다가온다. 길은 외연적으로 인생의 여정과
관계되지만, 내포적으로는 일상적 자아에서 일탈해 본래적
자아를 회복하기 위한 존재론적 몸짓과도 밀접한 관련을 맺
고 있다. 이 길을 걸어가면서 시인은 자아의 근원에 천착하
며, 잠에서 깨어난 영혼, 즉 프시케Psyche의 목소리를 듣거
나 영원한 일자—者와 내적 대화를 나누기도 한다. 그러므로
그의 길은 단순한 물리적 노정이 아니라 삶과 존재를 성찰하
게 하는 본질적, 영성적 가치를 내포하고 있다.

길을 가다가 왜 이 길로 가고 있지,

라고 스스로 묻게 될 때가 있다
멈춰서서는 가지 않으면 어쩔 테지,
라고 다시 되묻게 될 때도 있다
가려고 하는 곳이 분명히 있더라도
가다가 안 가고 싶을 때가 있다
가고 싶지 않은 곳이었는데 불현듯
나도 몰래 가고 있을 때도 있다

내가 가는 길은 내 것이 아니라
길의 것일 따름이어서 그런 것일까
가고 싶거나 가고 싶지 않아도
길이 부르지 않으면 그렇게 되는지,
아무리 가고 싶은 곳이라 해도,
아무리 가고 싶지 않은 곳일지라도
길이 나를 부르면 가야 하지만
불러 주지 않으면 못 가는 것일까

가고 싶은 곳으로 가려 해도,
안 가고 싶은 곳으로 안 가려 해도,

길은 나를 부르다가 말고 그러다가

다시 부르고 있는 것만 같다

　　　　　　　　　—「길과 나 1」전문

　인용한 시에서 보듯 시인은 길을 걸어가면서도 "왜 이 길로 가고 있지"라며 자신의 방향에 대해 의문을 제기한다. 이 의문은 낯선 세계에 방기放棄된 실존의 처소에 대한 물음과 다르지 않다. 인간은 '길'로 상징화된 이 생生의 여정에서 토머스 하디가 말했듯이 신으로부터 창조된 후 대지에 버려진 존재처럼 '무신경한 우연Crass Casualty'(시 「잊힌 하느님」)의 운명 속에 살아가는지도 모른다. 실존이 던져진 이 길 위에서 인간은 삶의 기쁨을 느낄 때도 있지만 깊은 상처를 경험하기도 한다. 특히 이 상처에 대해 시인은 "괴질보다 사람이 더 무서워서 / 사람들 속에서 사람이 그리워도 / 사람을 만날까 저어하며 걷습니다"(「길과 나 2」)라고 토로하고 있다.

　아픔과 불안, 방황과 좌절이 공존하는 이 실존적 상황에서 시인은 자신이 걸어가는 길을 통해 존재의 모순과 부조리를 강하게 느낀다. '나'의 실존과 세계 사이에 어떤 알 수 없는 뒤틀림이 끼어들 때 부조리가 발생한다. 이 삶의 부조리는 시인이 "가려고 하는 곳이 분명히 있더라도 / 가다가 안 가고 싶을 때가 있"고, "가고 싶지 않은 곳이었는데 불현듯 / 나도 몰래 가고 있을 때도 있다"고 피력하는 데서 여실히 드러난다.

'나'와 세계 사이의 이 뒤틀림은 시인으로서도 어쩔 수 없는, 인간에게 주어진 운명적이고 근원적인 불합리이다. 이 정황 속에서 시인은 "길이 나를 부르면 가야 하지만 / 불러주지 않으면 못 가는 것일까"라고 되뇌면서 '나'와 세계 사이에서 야기되는 관계를 성찰한다. 그리고 그 존재론적 모순을 해결하는 것은 길의 부름에 응답해야 하는 것임을 통찰한다. 길의 부름은 결국 '나'의 내면에서 들려오는 심혼心魂의 목소리와 다르지 않다.

또한 그 길은 삶의 고통과 부조리에서 벗어나기 위한 통로가 되므로 시인이 평소부터 "간절히 꿈꾸던 길"(「길과 나 3」)이다. 이처럼 길의 부름에 귀를 기울이고 응답하면서 삶의 방향을 가늠해 보는 것이야말로 본연의 자아로 회귀하려는 실존적 기투企投 행위다. 이같이 길을 모티프로 하는 삶에 대한 성찰은 존재의 '흐름'이라는 의미로 자연스럽게 이어진다.

강물에 조각배 하나 떠내려간다
낮은 데로, 더 낮은 데로 흘러간다

사공은 어디 갔는지,
배에서 잠자고 있는지,
강물이 유유히 조각배를 데리고 간다

내 마음도 저 배에 실려서
자꾸만 아래로 떠내려간다

허공엔 느리게 흘러가는 구름 몇 점
어디로 떠가고 있는지,
나는 어디로 가는지,

구름이 가고 배가 가고, 나도 간다
강물은 하염없이 아래로만 간다

—「나도 간다 2」전문

길은 모든 살아있는 존재가 흘러가는 통로이다. 그러므로 그 길은 수로水路와 같아 만물은 모두 유수광음流水光陰이라는 자연의 섭리를 벗어날 수 없다. 자연은 무위의 본성으로 자생자화自生自化를 반복하는 것이므로 인간 역시 천리의 묘용妙用에 순응하면서 살아갈 수밖에 없다. 이 시에서도 자연의 이러한 이법이 잘 드러난다. 강물에 떠내려가는 "조각배 하나"와 허공에 흘러가는 "구름 몇 점", 함께 어디론가 흘러가는 '나'를 통해 시인은 존재의 간단없는 유전流轉과 무상감을 드러내 보인다. 강물이 "낮은 데로, 더 낮은 데로 흘러"가듯이 일체가 자연의 순리대로 흘러가는 것임을 시인은 통찰하고 있다.

이 흐름은 "물 위에 떠서 떠내려갑니다 / 아래로, 아래로 가는 물길을 따라"(「세월」), "땅거미가 내린다 / 밖에 나서니 모두가 가고 있다"(「나도 간다 1」), "내 마음도 저 배에 실려서 / 자꾸만 아래로 떠내려간다"(「나도 간다 2」), "집을 나서면서 생각해 보면 / 저 뜬구름 같고 까치밥 같기도 하다"(「늦가을 적막」) 등에서도 확연히 드러난다.

이 흐름의 섭리에 시인이 방점을 찍고 있는 것은 마치 '어떤 것에도 집착하지 말고 마음을 일으키라應無所住 而生其心'(『금강경』)는 무소주無所住의 정신을 상기시켜 주는 것 같다.

'조각배', '허공', '구름', 이들은 모두 흘러가는 존재의 무화적無
化的 본성을 그대로 반영한다. 제행무상諸行無常의 이 무상감
은 그래서 '비움'의 의미와 긴밀히 연계된다.

　　꽁지가 빠지도록 힘겹게 지은 집을
　　한 해만 살다 버리는 까치를 생각하다가
　　제 침 뱉어 만든 진흙으로 지은 집을
　　반년만 살다 떠나는 제비를 생각하다가
　　제 창자에서 뽑아낸 실로 지은 집에
　　고작 열흘만 살 뿐인 누에 생각을 해 봅니다

　　사람들은 집 마련하려 이전투구泥田鬪狗하지만
　　한 지기 생각을 해 보면 허망합니다
　　평생 처음 마련한 집에 겨우 몇 해 살다
　　세상 떠날 땐 빈손이었기 때문입니다
　　언젠가는 미련없이 버리고 가야 할 집은
　　한동안 머물다 비우는 곳일 테지요

　　누에고치와 제비집과 까치집을 떠올려 보다가

내가 사는 집을 한 바퀴 돌아보면서
빈 손바닥을 한참이나 들여다봅니다
빈손으로 왔다가 빈손으로 떠나가는
사람들이 저 미물들보다도 어리석지 않을까요
　　　　　　　　　　　　　　—「집」전문

　길 위에서 흘러가는 존재인 인간은 그 길 위에 모든 것을 두고 떠나야 한다. 비움, 또는 무소유는 만물에 내재된 본성이다. 노자의 말처럼 천하 만물은 유有에서 생겨났지만 그 '있음'은 허즉통虛則通, 즉 무無로 돌아갈 때 모든 것과 통하게 된다. 이런 무의 철학은 이 시에서도 두드러져 있다.

　시인은 '까치', '제비', '누에'라는 대상을 통해 집과 소유의 허망함을 진지하게 성찰한다. 물욕에 사로잡혀 "집 마련하려 이전투구泥田鬪狗"하는 사람들과 미물들을 서로 대비하면서, "빈손으로 왔다가 빈손으로 떠나가는 / 사람들이 저 미물들보다도 어리석지 않을까요"라며 무소유의 정신을 일깨운다. 이런 본래무일물本來無一物의 정신은 물욕의 어둠에서 벗어나 무구無垢의 빛을 갈망하는 마음에서 우러나온다. 그 마음은 "군더더기들은 다 떨쳐 버리고 / 지울 건 지우고 비울 건 비우고 // 세상이 어지러워도 마음 다잡아 / 조신하게 새 아침을 맞고 싶다"(「이른 아침에」)는 시인의 소망에서도 잘 나타나 있다. 결국 '길-흐름-비움'은 하나의 고리로 연결되어 시인의 시세계를 더욱 의미심장하게 떠받쳐 주고 있다.

3. 상처와 그 치유를 위한 꿈꾸기

시는 곤궁과 역경, 상처와 부조리에 반작용을 하면서 깊고 간절하게 익어간다. 이태수 시인의 시는 그 현실적 맥을 짚어볼 때 예외가 아니다. 최근 발표된 그의 시편들을 일별해 보면 세상과 타자로부터 유발된 상처와 고통의 시학이 시집 도처에서 묻어나온다. '나'의 양심과 현실의 불합리가 서로 부딪쳐 일그러질 때마다 시인은 괴로워하면서 그 통증에서 벗어나기 위해 존재의 비약을 꿈꾸고 있다. 이런 상처는 타나토스Thanatos의 공격성과 파괴 욕구, 페르소나persona의 이중적 인격을 마음속에 감춘 세상 사람들과의 관계에서 빚어진다. 이런 '상흔'이 일상인들뿐만 아니라 사무사思無邪를 표방하는 문사文士들 사이에서까지 목도된다는 점이 시인을 더욱 고통스럽게 한다.

①집 나서면 코 막고

입을 막고 전전긍긍할 따름입니다

사람을 멀리 하면서

그 거리만큼 거꾸로

가까워지고 싶다면 잘못일는지요

소리도 냄새도 없는

당신은 언제 마음 돌리려 하나요

(실은 가까웠던 사람이

등져서 더 무섭습니다)

안 보이게 쳐들어온 당신은

입을 막고 코도 틀어막으면서

어디를 가든 옥죄기만 하네요

공포의 수렁에 빠뜨리네요

—「다시 코로나에게」 부분

②한겨울 깊은 밤중에

찬물 한 잔을 단숨에 들이켜고

창틀 흔드는 바람소리에 귀를 모은다
희미한 소금등 불빛,
불빛에 술렁거리는 악몽 부스러기들

하지만 애써 잠을 다시 부르지 않고
뜨거운 불잉걸 하나
가슴 속에 끌어들여 밤을 지새고 싶다
잉걸불로 타오르는 비애마저도
깊이 그러안고 싶다

— 「한겨울밤」 전문

　인간 소외와 단절감이 만연해 있는 현대 사회에서 역병의
창궐은 인간관계를 더욱 차단하고 불신감마저 팽배하게 하
는 분위기를 조장하고 있다. 이태수 시인의 이 시집에서도
이 코로나 19와 관련된 시들이 여러 편 보인다. ①의 시에서
시인은 "집 나서면 코 막고 / 입을 막고 전전긍긍할 따름"이
라고 을씨년스러운 현실에 괴로움을 느끼고 있다. 그런데 이
보이지 않는 바이러스에 세인世人들의 인심이 겹쳐져 중층
묘사되고 있다는 점이 특히 주목된다.

이 같은 정황은 "소리도 냄새도 없는 / 당신은 언제 마음 돌리려 하나요"와 같은 의인화된 표현에서 잘 드러난다. 시인은 표면적으로는 바이러스의 공포를 말하고 있지만, 이면적으로는 "실은 가까웠던 사람이 / 등져서 더 무섭습니다"에서처럼 염량세태炎涼世態의 불신감을 더욱 부각시키고 있다. 역병과 인간의 믿을 수 없는 가변성이 오버랩된 이런 정황은 "사람과 사람은 이제 / 서로 못 믿어 멀어지는 사이입니다"(「입 막고 코 막고—코로나 블루 1」), "보이지 않는 공포에 시달리다 지쳐 / 분노의 무기로 바뀐 이들도 있습니다"(「코로나 레드」) 등에서도 드러나 있다. 이런 불신감과 배역背逆이 횡행하는 세상은 시인에게 "공포의 수렁"과 같이 느껴진다.

이와 같은 세상인심은 ②에서처럼 "불빛에 술렁거리는 악몽 부스러기들"마냥 불면의 밤을 지새우게 한다. 이 정신적 고통은 "뜨거운 불잉걸"과 같아 시인의 가슴을 밤새 까맣게 태워버린다. 하지만 이런 악몽 속에서도 시인은 마음의 평정심을 잃지 않으려 한다. 그는 자신에게 가해지는 이 상처와 고통 앞에서 "잉걸불로 타오르는 비애마저도 / 깊이 그러안고 싶"은 포용력과 정신적 성숙성을 내비친다.

이 같은 내적 승화의 의지는 "그래도 그 사람을 미워하는 /

마음이 가라앉지 않으니 괴롭다 / 하지만 하늘을 우러르며 바라본다"(「하늘」)에서도 포착된다. 상처에 대한 이러한 그러안음은 특히 '자연'을 통해 치유를 모색하는 행위에서 더욱 인상 깊게 드러나고 있다.

깊은 산골짜기, 솔숲에 든다

마을에 두고 온 마음의 그늘들도

따라오거나 슬며시 먼저 온 건지

소나무 아래서 웅크리고 있다

아무도 안 만나고 싶어 칩거하던

사람 기피증이 안 풀려서 그럴까

민망스럽고 딱하기 그지없다

멧새들이 다정하게 속삭이고

지나는 바람이 타이르는 듯한데

아직도 마음이 되돌려지지 않아

소나무 그늘에 주저앉을 뿐

상처가 깊은 마음을 추스르면서

한참 나를 들여다보고 있노라면

소나무 그늘이 나를 품는다

―「소나무 그늘」전문

  자연은 아늑한 어머니의 품처럼 언제나 세파에 찌든 사람들을 포근히 안아 준다. 혹독한 풍우風雨에도 숨결을 틔우며 살아가고 있는 초목들은 그 푸른 생명력을 상처받은 이들의 가슴에 주입하면서 위무慰撫해 주기도 한다. 그윽한 풍경

화처럼 묘사되고 있는 이 시에서 시인은 "깊은 산골짜기, 솔숲"에 들어 세상에서 짙게 드리운 "마음의 그늘들"을 씻어내며 위로를 받는다. 그 마음의 그늘은 다름 아닌 "아무도 안 만나고 싶어 칩거하던 / 사람 기피증"이다. 그가 솔숲길을 혼자 걷고 있는 동안 "멧새들이 다정하게 속삭이고 / 지나는 바람이 타이르는 듯"하면서 시인의 우울한 마음을 어루만져 준다.

하지만 그 마음은 쉽사리 본래의 평정심을 회복하지 못한다. 그래서 시인이 "소나무 그늘"에 앉아 "상처가 깊은 마음을 추스르면서 // 한참 나를 들여다보고 있"는 순간, "소나무 그늘이 나를 품"어 주는 듯한 느낌을 받는다. 자연의 이 따뜻한 포란抱卵의 위로를 통해 시인은 마음 깊이 각인된 상처를 치유 받을 수 있게 된다. 그 자연은 "나를 부드럽게 감싸주던 / 바로 그 비단 자락"(「은사시나무와 안개」)과도 같이, 또는 "아픈 마음 달래고 추스르던 / 곧고 정한 갈매나무에 마음 포갠다"(「갈매나무」)는 생각처럼, 일상의 늪에서 상처받은 이들을 원형적 모성애로 따뜻이 품어 안아준다. 자연을 통한 이 같은 위안은

오늘 내리는 눈은 포근하고 다정하다
바람이 잠자는 동안 나직하게
속삭이듯 조신한 자태로 내려온다

잊힐 듯하다 살아나는 기억과 같이
떠나간 사람이 다시 돌아오듯
마음의 빈터에 따스한 불을 지핀다

창밖의 나무들이 무명옷을 입는다
날아온 작은 멧새 서너 마리는
창가에 순은의 노래들을 끼얹고 있다

ㅡ「첫눈」전문

와 같이 마음의 평화로 나타나기도 한다. 세인들과의 관계에
서 빚어진 상처로 고뇌하던 시인은 고요히 내리는 '첫눈'을
통해 "포근하고 다정"한 마음의 평온을 되찾는다. 미움과 질
시, 위선과 가식이 교차하는 세상에서 어둠의 예각에 아프게
가슴 찔린 시인은 자연이 내리는 눈을 통해 "마음의 빈터에
따스한 불을 지핀다." 시인의 이 같은 마음을 헤아리기라도

하듯 "날아온 작은 멧새 서너 마리는 / 창가에 순은의 노래들을 끼얹"으며 어두운 세상에 아름다운 수채화 한 폭을 그린다. '첫눈', '멧새', '시인'의 영혼이 서로 어우러져 연출하는 이 평화로운 정경은 자연이 그려내는 한 폭의 명화名畵 같다.

이 시집에서 자연은 이밖에도 "하늘에 떠 있는 달이 // 물끄러미 개를 내려다본다 // 꼬리를 내리는 개가 // 달빛 받으며 어디론가 간다"(「달과 개」), "까무룩, 복사꽃 그늘에 잠들었나 봐요 / 봄날 한나절 마음 내려놓고"(「까무룩」) 등에서처럼 조응, 또는 조화의 의미로 나타나기도 하고, "우리도 저 풀꽃들 같이 / 피고 지곤 합니다"(「풀꽃을 보며」), "벽오동 잎들이 하나둘 떨어져 내리고 / 해가 서산마루를 넘어가려 한다"(「어떤 여운」) 등에서와 같이 죽음 또는 소멸의 의미로 보이기도 한다. 하지만 자연은 뭐라 해도 마음의 위안과 평안을 주는 치유자로서 시인과 가장 긴절한 관계를 맺고 있다는 점에서 그 의의가 크다고 할 수 있다.

한편, 세상과 타자로부터 받은 상처를 시인은 '꿈'을 통해 초극하려는 의지로 나타내 보이고 있다. 이 시집의 많은 시편들에서도 이 꿈은 중요한 모티프로 작용하고 있는데, 시인은 이 꿈을 매개로 삶의 희망과 위안, 존재 초월을 강하게 실현하려 한다.

밤에는 꿈을 꿀까 두렵지만

낮엔 안간힘으로 꿈을 불러들입니다

더 나은 삶을 향한 꿈꾸기와

가위누르는 꿈이 밤낮으로 길항합니다

이 길항은 어제오늘뿐 아니라

오랜 세월의 트라우마이기도 합니다

그 그늘에서 말들이 빚어지고

가혹하게 지워지고 밀려나기도 합니다

하지만 그 그늘에서 언제나

더 나은 세계를 열망하고 있습니다

이젠 밤낮없이 꿈을 꿉니다

　　　　　　　─「나의 카르마」전문

　꿈은 시인에게 밤의 악몽과 낮의 길몽이라는 이율배반의
의미로 받아들여진다. 그래서 시인은 "더 나은 삶을 향한 꿈
꾸기와 / 가위누르는 꿈이 밤낮으로 길항"하는 상황 속에서
하루하루를 보낸다. 이 같은 양가적 의미의 꿈이 서로 대립
하고 충돌하는 이유는 무엇일까? 그것을 시인은 자신의 무
의식 속에 내재한 상처(심리적, 정신적 외상外傷), 즉 "오랜
세월의 트라우마이기도" 하며, 그런 삶이 자신의 카르마(업
보業報)라고 밝히고 있다.
　하지만 꿈의 길항은 곧 반전으로 나타난다. 그 상처의 "그
늘"에서 세상의 말들이 빚어지고 / 가혹하게 지워지고 밀려
나기"를 거듭하면서 시인은 "더 나은 세계를 열망하"게 된다.
그래서 밤의 악몽을 두려워하던 시인은 마침내 "이젠 밤낮없
이 꿈을 꿉니다"라고 고백할 정도로 새 희망의 세계로 나아
가기 위한 꿈꾸기를 갈망한다.

꿈, 이제 시인은 어두운 시간의 흉몽에서 벗어나 밤과 낮, 어둠과 빛이 변증법적으로 승화된 세계로 나아가 자기 고유의 정체성을 되찾고자 한다. 그러므로 꿈은 갈등과 번뇌의 등가물이 아니라 시인에게 삶의 온기처럼 다가온다. 그것을 그는 다른 시에서도 "꿈에서 막 깨어나 / 그 꿈길을 눈감고 더듬어 오르면 / 갓 낳은 달걀처럼 / 또는 갓 삶은 달걀처럼 따스하다 // 거기 깃들어 오래 / 그 바깥으로는 나오고 싶지 않다"(「어떤 꿈길」)라고 진솔하게 토로한다.

그러므로 이태수 시인에게 있어서 꿈이란 단순한 몽상이나 신기루 현상이 아니라, 자아의 본래성을 회복하려는 존재론적 탐색 활동이다. 그 까닭에 그는 첫 시집에서부터 지금에 이르기까지 일관되게 꿈꾸기를 지속해왔는지 모른다. 이 같은 꿈꾸기는 어두운 세상에서 훼손된 자아를 빛의 바늘로 봉합하고 존재의 상승을 갈망하는 날갯짓으로 새롭게 읽힌다.

이따금 날아오르는 꿈을 꿉니다
꿈을 깨고 나면 사방이 벽인데
여전히 벽 속에 갇혀서도

꿈속에선 하늘 멀리 날아올랐습니다

몽매에도 그리던 천사를

잠시나마 가까이 만나기도 하고

안 보이던 길을 걷기도 했습니다

오늘도 밤이 오면 다시 잠속에서

옥빛 하늘로 날아가고 싶지만

그런 꿈을 꾸게 되는지

이 풍진세상에서는 알 수 없습니다

날지 않으면 길을 잃는

새들처럼 날면서 새 길을 여는

꿈을 이 한낮에도 꾸고 싶습니다

—「날아오르는 꿈」전문

   시인은 꿈을 통해 하늘로 날아오르고자 한다. 그는 "꿈을 깨고 나면 사방이 벽인데 / 여전히 벽 속에 갇혀서도" 꿈꾸기를 포기하지 않는다. '사방이 벽'이라는 처지가 암시하듯이 시인이 처한 현실은 생명이 없는 콘크리트 같은 인심이 지배하는 황량한 세계이다. 이 굴레에서 벗어나기 위해서는 다시 꿈꾸기를 하지 않을 수 없다. 꿈속에서나마 "옥빛 하늘" 멀리 날아가 "몽매에도 그리던 천사를 / 잠시나마 가까이 만나", 상처받은 영혼을 위로받아야 한다.

이런 날갯짓은 "오래 갇힌 채 가라앉아만 있었는데 / 새처럼 날고 싶은 꿈을 꾸면서"(「희망 고문」), "꿈속에서는 나도 나비 등에 타고 / 수미산을 하염없이 오르고 있었다"(「낮꿈」) 등에서처럼 환상에 젖게 하기도 한다. 만약 시인이 꿈꾸기를 포기한다면, 파블로 네루다가 시 「비상」에서 노래했듯이 "날지 않으면 길을 잃는 / 새들"과 같은 신세로 전락하는지도 모른다. 그래서 그는 끝없이 비상의 날갯짓을 하면서 "새 길을 여는 / 꿈을 이 한낮에도 꾸고 싶"다는 열망을 하고 있을 것이다.

이처럼 시인에게 있어서 꿈꾸기는 존재의 비약과 상승 의지의 표현이며, 삶의 새로운 길트기를 위한 몸짓이다. 우울한 시공時空에 던져진 채 그는 실존의 상처를 치유하고 기투하며 살아가기 위해 스스로 '새'나 '나비'와 같은 우화羽化의 통과의례를 통해 존재론적 초월을 실현하려 한다. 이렇듯이 시인의 내적 상처는 '자연' 또는 '꿈'과 어우러져 하나의 의미망을 이루면서 치유를 지향한다.

4. 그리움과 영혼의 빛 갈망

그리움은 인간의 내면에서 부단히 작용하는 본연의 정념 활동이다. 그 대상이 지상적 존재이든 천상적 존재이든 인간은 누구나 이 그리움의 정조를 가슴 속에 품은 채 살아간다. 특히 떠나온 옛 고향과 헤어진 혈육에 대한 망운지정望雲之情은 생래적으로 인간의 본성 속에 내재된 순수한 그리움의 감정이다. 지나간 것에 대한 향수와 애정, 다가올 것에 대한 예감과 염려는 인간의 의식이 현재를 중심으로 하여 끊임없이 '과거-미래'를 향해 파동치고 있기 때문이다.

이 의식의 흐름과 사유의 소용돌이는 인간만이 지니는 심리적 기제이다. 따라서 의식이 화석화되지 않은 한, 인간은 과거와 미래, 지상적 삶의 추억과 천상적 구원의 소망을 통합적인 감수성의 촉수로 더듬으면서 살아가고 있다. 특히 과거와 미래에 대한 의식의 흐름이 활발할수록 인간은 깨어있는 실존의 상태를 체득하게 되고, 생기 있는 의식의 지향 작용을 경험하게 된다. 그러므로 현재라는 시간은 고립된 개념이 아니라 과거 혹은 미래와 끊임없이 의식 지향적 관계를 이루면서 순간마다 현성화現成化를 구현한다. 시인은 고향

과 혈육에 대한 '그리움'의 정조를 여러 편의 시에서 그려
보인다.

①고향의 옛집은 다 허물어지고

다른 사람들도 살다가 떠나가고 없지만

옛 기억은 마당의 잡풀들처럼

여기저기 무성하게 살아 있다

반세기에다 여러 해가 더 지나갔는데도

아버지 여의고 헐벗게 헤매던

어린 시절은 떠나지도 않는다

어머니, 누나, 동생들이 영영 떠나가도

오순도순 오로지 꿈을 키우며
버티고 이겨내던 수많은 날이

허물어진 옛집 하늘 깊이 머물러 있다

뜬구름처럼 그대로 맴을 돈다

―「옛집」전문

②오랜 세월 헤매다가 새삼스럽게
옛꿈으로 회귀하고 싶은 마음 때문인지
어머니 품속이 그리워서 그런지
알 수 없기는 하나
때 묻고 이지러진 마음 다잡아
정결하게 닦고 싶다
그 옛날처럼 헐벗고 외질지라도
한결같은 초심으로
등 굽은 소나무처럼 살고 싶다
은어가 비늘을 반짝이며 모천 회귀하듯
먼 옛꿈속으로 되돌아가고 싶다

　시인은 어린 시절의 고향에 대한 추억들을 마음속에서 더
듬으며 반추한다. ①에서 보듯 그가 살던 "고향의 옛집은 다
허물어지고" 사는 사람들도 없지만, 유년의 "옛 기억은 마당
의 잡풀들처럼 / 여기저기 무성하게 살아" 짙은 향수를 불러
일으킨다. 부모님과 형제들의 체취가 물씬 배어있는 옛집에
서 시인은 "오순도순 오로지 꿈을 키우며 / 버티고 이겨내던
수많은 날"들을 보내면서 성장했다.

　그러나 그리운 시간들은 "허물어진 옛집 하늘 깊이 머물러
있"듯이 "뜬 구름"이 되어 시인의 마음속을 맴돌 뿐이다. 더
욱이 정든 형제들마저 세상을 떠난 고향은 "아우들의 유택이
낙엽 사이로 어른거려"(「큰아우 별장에서」)는 적막감을 자아
낸다. 그럼에도 불구하고 시인은 ②에서처럼 "옛꿈으로 회
귀하고 싶은 마음 때문인지 / 어머니 품속이 그리워서 그런
지" 유년의 그 시절로 되돌아갈 수 있기를 갈망한다.

　고향을 떠난 지 반세기가 지났지만 시인은 왜 이렇게 '은
어'처럼 모천회귀 의식에 사로잡히는 것일까? "때 묻고 이지
러진 마음 다잡아 / 정결하게 닦고 싶"기 때문이며, 세상인심
이 아무리 변화무쌍하더라도 "한결같은 초심으로 / 등 굽은

소나무처럼 살고 싶"기 때문일 것이다.

　고향이야말로 시인에게는 가장 순수한 존재의 원적지이자 자아의 본래성을 회복할 수 있는 곳, 아폴론의 리라 연주에 맞추어 무사이Mousai들이 시를 노래하며 살던 헬리콘 산처럼 끊임없이 시적 영감을 불러일으키는 영천靈泉으로 자리매김하고 있을는지 알 수 없다. 옛집에 대한 시인의 이러한 지상적 그리움은 궁극적으로 종교적 신앙인으로서의 '영적 그리움'으로 귀결된다.

　　성자와 힘께 성부께로 나아가시며
　　성령으로 당신은 한결같이
　　길 위에서 헤매는 우리를
　　따뜻하게 끌어 주시고 밀어 주셨습니다
　　하지만 우리는 제대로 따라가지 못했습니다
　　하느님과 함께, 높지만 낮고 부드럽게
　　우리에게 다가서시던 당신은
　　언제나, 누구에게나 생명의 길을 일깨우셨습니다
　　(중략)
　　이제 아버지의 나라에 드신

당신 앞에서 무릎 꿇고 조아립니다

빛이 되신 당신을 우러러 우리는

이 변변찮은 기도를 올리고 있습니다

더욱 높이, 깊이 빛나소서

하느님 사랑 안에서 불쌍한 우리를

굽어보옵소서, 더욱 깊이, 높이 빛나소서

—「하늘에서와 같이 땅에서도」 부분

오랜 세월 가톨릭 신앙인으로 살아온 시인은 천주교대구 대교구 이문희 대주교의 선종善終(2021. 3. 14)에 즈음해 큰 슬픔에 사로잡힌다. 특히 시인은 이 대주교에 대해 평소 참 스승으로 존경하면서 깊은 신뢰 관계를 맺어오던 터였기 때문에 그 슬픔은 클 수밖에 없었을 것이다. 그는 이 비통함을 추모시로 써서 《매일신문》에 발표(2021. 3. 16)해 깊은 애도를 표한 바 있다. 이 시의 제목인 「하늘에서와 같이 땅에서도」는 이문희 대주교가 착한 목자로서 표방해온 사목 표어이기도 하다.

이 대주교는 교구 쇄신과 복음화에 전념했고, 죽음 앞에 직면한 환자들을 돌보는 호스피스 활동까지 하면서 예수 그리스도의 사랑을 몸소 실천한 분이었다. 이 아가페적 사랑에 대해 시인은 "길 위에서 헤매는 우리를 / 따뜻하게 끌어 주시고 밀어 주셨"던 손길을 통해 떠올리고 있다. 평소 대주교가 강조한 것은 교회의 율법적 지식이 아니라 "생명의 길"을 일깨우는 것이었으므로 시인에게는 더욱 가슴 깊이 와 닿았을 것이다. 착한 목자에 대한 이 같은 추모의 정과 영적 그리움은 "그는 별이 되려고 떠나간 것일까 / 새로 뜬 푸른 별 하나, / 그의 뒷모습도 얼비치고 있다"(「푸른 별 하나」), "그분은 가까이 존경하는 스승이었지만 / 따라갈 수도 없었던 분, / 떠나가도 떠나지 않으시고 / 언제나 가슴 깊이 머무시는 분"(「그분 생각」) 등에서도 절절하게 그려져 있다.

착한 목자로부터 영적 감화를 받은 것일까? 이번 시집에서는 가톨릭 신앙과 관련된 시들이 적지 않다. 특히 시집 후반부에 신앙시들을 다수 배치함으로써 시인은 자신의 삶의 목표가 어디에 있는가를 선명하게 보여 준다. 온갖 희로애락을 껴안고 흘러가는 인간의 삶도 결국은 이성적 가치에서 영성적 가치로 승화되지 않으면 무의미하다는 깨달음으로 읽힌다. 그 깨우침의 중심에는 '예수 그리스도'가 자리잡고 있다.

당신을 따르며 가려 해요

그렇게만 가려 해요

당신이 못 박힌 손으로 말했듯이

어떤 유혹에도 삿된 일은 하지 않으며

가지 말아야 할 길은 가지 않고

묵묵히 주어진 길로

물 흐르듯이 가려고 해요

물 흐르듯이 가려고 해요

오로지 주어진 길로

언제나 함께하는 당신 따라서

당신이 밝혀 주는 길로만 가려 해요

낮게 낮게 당신을 불러들이며

그렇게만 가려 해요

당신을 따르며 가려 해요

—「낮은 기도」전문

시인은 이 스산하고 고단한 세상에서 오직 '당신'(예수 그리스도)만을 따르고자 하는 삶의 태도를 보인다. 시인은 "당신이 못 박힌 손으로" 한 말이 표상하는 십자가의 고통과 보혈寶血을 우러르면서 그리스도의 참사랑이 이끄는 길로 걸어가려 한다. 이 도정에서 그는 "어떤 유혹에도 삿된 일은 하지 않으며 / 가지 말아야 할 길은 가지 않고 / 묵묵히 주어진 길로 / 물 흐르듯이 가려고" 다짐한다. 물은 자연의 섭리대로 낮은 곳으로 흘러가는 법, 그래서 시인도 "낮게 낮게 당신을 불러들이며" 겸손의 덕을 깨우치면서 존재의 구원을 실현하려 다짐한다.

십자가의 거룩한 희생제의로 속량贖良의 은혜를 입은 인간 존재는 그 십자가 앞에서 자신의 몸과 마음을 낮출 때 구원의 역사가 시작된다는 것을 안다. 이 낮춤은 높임을 내포하는 역설적 가치를 지니고 있기 때문이다. 저 바리새인들의 위선과 누룩을 버리고 낮아질수록 높아지는 존재의 이 패러독스. 그래서 시인 역시 "낮게 낮게 내려가면서 꿈꾼다 / 낮아서 높아질 때까지 꿈꾼다"(「크고 부드러운 손」)면서 십자가의 희생과 그 참된 의미를 깨닫고자 한다. 그러므로 낮춤은 오히려 굴기하심屈起下心의 상태를 초월해 존재의 상승과 영혼 구원이라는 천상적 가치로까지 나아가게 한다.

오랜 세월 시의 바다를 항해하며 언어의 그물을 던져온 이태수 시인은 이 열여덟 번째 시집에서 거센 세파와 부딪치며 담박하고 정갈한 시편들을 건져 올린다. 그의 투망에 낚인 시들은 흐름과 비움, 상처와 치유, 꿈과 구원 등이 상응하는 진면목을 드러내며, 그 도정道程의 아픈 상흔 속에서도 영혼의 빛에 달궈진 돋을새김처럼 따뜻하게 떠오른다. 황량한 세계에 던져진 실존의 처지와 그 고뇌를 형상화하는 그의 시들은 한결같이 꿈을 통한 존재 초월로 나아간다. 이런 형이상학적 지향성과 더불어 종교적 구원의 영역에까지 시가 잇닿아 있어 깊고 경건한 울림으로 다가오기도 한다. 이 낮지만 그윽한 울림들은 시인이 이성에서 영성으로, 지상적 삶에서 천상적 가치로 자아를 투영하면서 존재의 부름에 대한 영혼의 응답을 진실하게 빚어 보이려 하기 때문이다.

이 태 수 시인

1947년 경북 의성에서 출생, 1974년 《현대문학》을 통해 등단했으며, 《자유시》동인으로 활동했다. 시집 『그림자의 그늘』(1979, 심상사), 『우울한 비상의 꿈』(1982, 문학과지성사), 『물속의 푸른 방』(1986, 문학과지성사), 『안 보이는 너의 손바닥 위에』(1990, 문학과지성사), 『꿈속의 사닥다리』(1993, 문학과지성사), 『그의 집은 둥글다』(1995, 문학과지성사), 『안동 시편』(1997, 문학과지성사), 『내 마음의 풍란』(1999, 문학과지성사), 『이슬방울 또는 얼음꽃』(2004, 문학과지성사), 『회화나무 그늘』(2008, 문학과지성사), 『침묵의 푸른 이랑』(2012, 민음사), 『침묵의 결』(2014, 문학과지성사), 『따뜻한 적막』(2016, 문학세계사), 『거울이 나를 본다』(2018, 문학세계사), 『내가 나에게』(2019, 문학세계사), 『유리창 이쪽』(2020, 문학세계사), 『꿈꾸는 나라로』(2021, 문학세계사), 시선집 『먼 불빛』(2018, 문학세계사), 육필시집 『유등 연지』(2012, 지식을 만드는 지식), 시론집 『여성시의 표정』(2016, 그루), 『대구 현대시의 지형도』(2016, 만인사), 『성찰과 동경』(2017, 그루), 『응시와 관조』(2019, 그루), 『현실과 초월』(2021, 그루) 등, 미술산문집 『분지의 아틀리에』(1994, 나눔사), 저서 『가톨릭문화예술』(2011, 천주교 대구대교구) 등을 냈다. 대구시문화상(1986), 동서문학상(1996), 한국가톨릭문학상(2000), 천상병시문학상(2005), 대구예술대상(2008), 상화시인상(2020), 한국시인협회상(2021)을 수상했으며, 매일신문 논설주간, 대구한의대 겸임교수, 대구시인협회 회장, 한국신문방송편집인협회 부회장 등을 지냈다.

담박하게 정갈하게
이태수 시집

발행일
초판 1쇄   2022년 1월 17일
    2쇄   2022년 7월 28일

지은이   ● 이태수
펴낸이   ● 김종해
펴낸곳   ● 문학세계사
출판등록   ● 1979. 5. 16. 제21-108호

주소   ● 서울시 마포구 신수로 59-1(04087)
대표전화   ● 02-702-1800
팩스   ● 02-702-0084
이메일   ● mail@msp21.co.kr
홈페이지   ● www.msp21.co.kr
페이스북   ● www.facebook.com/munsebooks

값 10,000원
ⓒ 이태수, 2022
ISBN 978-89-7075-450-5   03810